Amanda und Amara
oder
Der Weg zur Schönheitsquelle

AF235458

„Ohne Gleichnis aber redete er nicht zu ihnen."

(Mk. 4,34)

Amanda und Amara

oder

Der Weg zur Schönheitsquelle

Eine Parabel

Neuauflage 2022 der Erstauflage um 1890, Stuttgart
Neu herausgegeben von Klaus Kardelke
Umschlagbild: Pixabay

Bibliografische Information der Deutschen Nationalbibliothek:
Die Deutsche Nationalbibliothek verzeichnet diese Publikation in der
Deutschen Nationalbibliografie; detaillierte bibliografische Daten sind im
Internet über http://dnb.dnb.de abrufbar.

Herstellung und Verlag: BoD – Books on Demand, Norderstedt
ISBN 978-3-7526-0765-9

Der Weg zur Schönheitsquelle

Als ich eines Tages darüber nachsann, wie es im frühesten Altertum, jener goldenen Zeit, von der die Dichter so häufig sprechen, gewesen sein muss – und besonders, wie man damals unterrichtete, als es noch keine Schriften gab und der Mensch über das Wahre und Heilige bei offenem, geistigem Gesichte und durch den Verkehr mit Engeln belehrt wurde, die ihm die Wahrheiten des Himmels mitteilten, - fiel ich in einen festen und sehr angenehmen Schlaf und es träumte mir, ich lebe selbst in jenen glücklichen und friedvollen Tagen.

Es kam mir vor, ich befände mich in einer der schönsten Gegenden der Erde, welche ich je gesehen. Die Sonne erhob sich in großer Pracht über die östlichen Höhen, auf den grünen Wiesen perlten noch Tautropfen und als die Lichtstrahlen sich darin spiegelten, schien es, als ob die Erde mit Edelsteinen besät wäre. In der Ferne dehnte sich eine ansehnliche, hin und wieder mit schönen großen Bäumen besetzte Hügelkette aus.

Am Fuße derselben hatten die silberklaren Wasser eines leicht abfallenden kleinen Stromes ihren Lauf, in dessen melodisches Rauschen die lieblichen Stimmen von tausend befiederten Sängern einfielen. Auf einer leichten Anhöhe sah man ein eigentümlich gebautes schönes Haus, umgeben von den prächtigsten Obstbäumen, welche in voller Blüte standen. Es befand sich inmitten eines weit ausgedehnten Gartens, dessen belaubte Gänge in kühle Grotten ausliefen, wohin der Eigentümer des Hauses mit den Seinigen während der Hitze des Tages sich zurückzog, um über Gegenstände von ewigem Werte sich mit ihnen zu unterhalten.

Der Besitzer dieses Gutes hatte zwei Töchter, Amanda und Amara genannt. Amanda war ebenso liebenswürdig als schön. Eine gewisse kindliche Unschuld vereinte sich bei ihr mit weiblicher Würde und Verständigkeit und verlieh ihrem ganzen Wesen eine unaussprechliche Anmut und einen Liebreiz, der nur Zutrauen erweckend und herzgewinnend sein konnte und sie zu jedermanns Liebling machte. Aber Amara war gerade das Gegenteil. Sie war immer mürrisch und bei übler Laune; immer fehlte ihr etwas und wenn sie erhielt was sie wünschte, war sie doch nicht zufrieden, sondern über sich und über andere verdrießlich. Durch ihre beständige Verstimmung hatte ihr Körper seine natürliche Schönheit verloren und war ganz der Ausdruck und die Form ihrer hässlichen Gesinnung geworden, denn es ist der Geist, welcher dem Körper sein Gepräge verleiht. Ein sanftmütiger Geist bildet stets in der einen oder anderen Weise einen schönen Körper; und obgleich wir bisweilen eine schöne und tugendhafte Seele in einem missgestalteten Körper finden, wird doch die unschöne Form völlig in Schatten gestellt und gleichsam unserem Anschauen entrückt durch die Lieblichkeit und Schönheit der Gesinnung, welche aus derselben hervorleuchtet.

Amaras größter Wunsch war, ebenso schön und ebenso beliebt zu sein wie Amanda. Weil ihr das aber nicht zu gelingen schien, so fasste sie den Vorsatz, ihre Schwester ebenso hässlich und unliebenswürdig zu machen, wie sie selbst war. Einige Jahre lang hatte sie diesen Plan verfolgt, indem sie bisweilen Amanda schlug und schmähte, bisweilen ihren schönen Anzug zerriss und wenn jene in der Grotte schlief, ihr das liebliche, dunkelbraune Haar abschnitt. Ja einst schlug sie sogar die Schwester ins Gesicht, in der Absicht, dort ein hässliches Merkmal zu hinterlassen, von dem sie hoffte, das es den Reiz desselben zerstören würde. Außerdem war sie beim Stehlen der Spielsachen ihrer Gefährtinnen angetroffen worden und mehr als einmal hatte man gesehen, wie sie in die Gärten ihrer Nachbarn einbrach, Blumen zertrat und einige mitnahm um sie – sowie auch die Spielsachen – in das Schlafzimmer ihrer Schwester zu legen. Alles in der Absicht, Amanda in schlimmen Verdacht zu bringen.

Solcher Art waren die Mittel, deren sie sich bediente, aber dessen ungeachtet blieb Amanda ebenso schön wie vorher, ja sie wurde sogar noch schöner. Jeder Stoß den sie erhielt, machte sie liebenswürdiger und reizender, denn, ich muss bemerken, dass sie niemals die unfreundliche Behandlung Amaras vergalt und deshalb hatte sie zu ihren anderen anziehenden Eigenschaften die der Geduld, der Nachsicht, des Verzeihens und der Barmherzigkeit, welche eben die Schönheiten sind, auf die man im Himmel den größten Wert legt. Und trotz all der bösen und listigen Anschläge Amaras wollte niemand glauben, dass Amanda irgendjemand sollte Schaden zufügen wollen. So hatte die arme Amara die Demütigung zu erfahren, wie Amanda mit jedem Tag schöner wurde und sich immer mehr die Liebe anderer erwarb, während sie immer hässlicher wurde und sich mehr und mehr unbeliebt machte.

Man erzählte sich in der Nachbarschaft, dass wenn Amanda in dem Garten ihres Vaters in der Grotte schlafe, ihr Geist in die Gesellschaft von Engeln eingelassen werde, mit denen sie spreche und auf immergrünen Fluren sich ergehe. Man sagte auch, dass die Engel sie in der Quelle der Schönheit badeten, die auf dem Gipfel des Berges der Unschuld in der geistigen

Welt sprudele, dies hieß es, sei die Ursache ihrer unübertrefflichen Schönheit.

Amara, welcher niemals etwas Derartiges begegnet war, hatte oft solche Dinge von anderen berichten hören, und als dies von Amanda gesagt wurde, erregte es ihre Neugierde, sie wünschte zu wissen ob es so sei oder nicht. „Denn vielleicht", dachte sie, „kann ich mich auch in jener Quelle baden und dann werde ich ebenso schön, ebenso bewundert und ebenso geliebt werden, wie meine Schwester!"

Eines Morgens eilte sie zu Amandas Schlafzimmer, sie schlich sanft und geräuschlos den Gang entlang und horchte an der Türe, indem sie erwartete, die Engel mit der Schwester reden und spielen zu hören. Alles war jedoch ruhig, sie vernahm nur das Gezwitscher einiger lieblicher Vögel, die jeden Morgen sich einfanden und von den Zweigen eines Weinstocks ihre Lieder anstimmten, um Amanda aus ihrem friedlichen Schlummer zu wecken. Als Amara eintrat fragte Amanda, die eben erwacht war, was sie so früh zu ihr bringe? Amara fand sich getäuscht und wurde ein wenig verlegen bei der Frage der Schwester, aber sie fasste sich bald und erwiderte kurz:

„Ich komme, um die Engel zu sehen."

„Die Engel zu sehen!" rief Amanda. „Welche Engel, teure Schwester?"

„Die Engel, welche dich lieben und dich so schön machen", entgegnete Amara.

„Aber warum suchst du die Engel hier?" fragte Amanda. „Weißt du nicht, dass die Engel in der anderen Welt leben?"

„Aber ich habe gehört, dass Engel dich in der Quelle der Schönheit baden, darum sage mir Schwester, wo ich sie finden kann, denn ich sehne mich danach, auch dort zu baden und auch so schön zu werden!"

Amanda errötete bei der Anspielung auf ihre Schönheit und ihre Verbindung mit Engeln, aber sie lächelte über die Einfalt und den Ernst ihrer Schwester, und sagte:

„Meine liebe Amara, du weißt, dass ich dich liebe und alles für dich tun möchte, wozu ich imstande bin, aber ich kann dir keine Engel in dieser unserer niederen Welt zeigen, denn sie haben keine Körper, welche so wie unsere gesehen werden können. Ihre Körper sind geistig und von geistigen Substanzen gebildet und ganz genau der geistigen Welt angemessen, in welcher sie leben und deshalb können sie nie mit materiellen Augen wahrgenommen werden."

„Wie kann ich sie dann sehen?" fragte Amara ungeduldig.

„Ich will es dir erklären Schwester", erwiderte Amanda. „Während wir hienieden wandeln, sind wir Bewohner zweier Welten, dieser irdischen Welt und einer geistigen Welt, und wir haben einen Körper welcher für beide geeignet ist. Einen materiellen Körper für die materielle Welt und einen geistigen Körper für die geistige Welt. Nun höre Schwester", fuhr Amanda mit Ernst fort, „jeder dieser Körper hat Sinne, die ihm eigen sind, und was sonderbar ist, wenn die Sinne des materiellen Körpers tätig sind, sehen wir Menschen und materielle Dinge. Aber wenn die Sinne des geistigen Körpers tätig sind und die des materiellen Körpers ruhen, sehen wir ebenso klar und deutlich Engel und geistige Dinge, wie du jetzt irdische Gegenstände siehst; aber man kann nicht geistige Wesen mit materiellen Augen erblicken. Bei dem was wir Tod nennen, legen wir den materiellen Körper ab und verlassen auf immer die materielle Welt, um ewig in der geistigen Welt in einem geistigen Körper zu leben, der ebenso wirklich und wahrhaft substanziell sein wird, wie jemals der materielle war. Du kannst hieraus erkennen, teure Amara, das du nicht imstande sein wirst Engel, zu sehen. Es sei denn, dass es dem Herrn in Seiner weisen Vorsehung gefalle, die Augen deines Geistes zu öffnen."

Amara brütete über das, was ihre Schwester ihr gesagt, und verzweifelte beinahe daran, jemals in der Quelle der Schönheit zu baden.

Eines Tages jedoch, nachdem sie mehr als sonst danach verlangt hatte, ging sie in dem Garten ihres Vaters auf und ab und war ganz von Gefühlen überwältigt, als sie plötzlich ein glänzendes Wesen in weiße Gewänder gekleidet, vor sich sah. Das Antlitz desselben strahlte so sehr in Liebe und Freundlichkeit, dass Amara wegen des es umgebenden Glanzes kaum darauf hinschauen konnte.

„Junge Unsterbliche", sagte der Engel, als er sich Amara näherte, „wir haben bemerkt, dass du Verlangen trägst in Gemeinschaft mit Engeln zu kommen, in das Geisterreich einzutreten und in der Quelle der Schönheit zu baden. Unser gütiger Vater hat deinen Wunsch bewilligt, du befindest dich nun in der Geisterwelt."

Amara wunderte sich dessen und konnte nicht begreifen, wie das möglich sei; denn dachte sie, ich habe einen Körper und Kleider und hier ist eine feste Erde! Und es dauerte eine Weile ehe sie es glauben konnte, aber nach einigem Besinnen überzeugte sie sich, dass dem so sei, denn alle ihre Fähigkeiten waren tausendmal freier und empfänglicher für Eindrücke, und alle Gegenstände welche sie umgaben, waren so sehr in

Übereinstimmung mit ihr, dass sie ihr wie eine Verkörperung ihrer Gedankenbilder erschienen.

„Folge mir", sagte der Engel als Amara sich von ihrem Erstaunen etwas erholt hatte. „Folge mir, ich werde dir den Weg zu der Quelle unvergänglicher Schönheit zeigen."

Amara folgte augenblicklich, innerlich frohlockend in dem Gedanken bald ebenso schön wie ihre Schwester zu sein. So völlig beschäftigte dies ihren Geist, dass sie nicht einmal mit dem Engel sprach. Sie gingen stillschweigend vorwärts, bis sie zu einem prächtigen, massiven Tor aus Erz gelangten, über dessen Spitze geschrieben stand: „Tor des Gehorsams". Das war ein sonderbarer Name, aber Amara dachte, es wäre eine der Eigentümlichkeiten der geistigen Welt, und forschte nicht weiter.

„Wir müssen durch dieses Tor hindurch", sagte der Engel, als er einen schweren Türklopfer anhob und dreimal anschlug. Das Tor wurde sogleich von mehreren strahlenden Wesen geöffnet, welche ähnlich gekleidet wie der führende Engel und alle ebenso wohlwollend in ihrem Erscheinen waren.

„Willkommen ihr Lieben, ja innig willkommen, seid ihr jetzt in der Engel Kreis!" sagten sie erfreut und im Tone der herzlichen Zuneigung. „Unsterbliche, trete ein in unser glückliches Land", fuhren sie fort.

Amara versuchte es, aber kaum war sie innerhalb des Tores, als sie schon einen drückenden Schmerz auf der Stirn fühlte, ihre Augen wurden trübe, Furcht und Zittern befiel sie, und sie dachte, sie sei im Sterben.

Als die Engel dies sahen, seufzten sie, Tränen des Mitleids rollten ihre Wangen hinab, als Amara gezwungen war, sich außerhalb des Tores zu begeben.

„Wir sehen jetzt", sagte der erste Engel, „dass du die Quelle der Schönheit nicht erreichen kannst, denn niemand kann die Luft unseres Landes einatmen, der nicht dem Geiste und Leben nach uns ähnlich ist. Dieses Tor wird vor niemand verschlossen, denn es ist der Wille unseres großen Meisters, dass alle eintreten sollen. Aber wenn jemand vor Schmerz sich zurückzieht, werden wir gewahr, dass er unfähig ist durch unser Land zu schreiten."

Die arme Amara brach in Tränen aus und beschwor die Engel ernstlich, ihr zu sagen, was sie zu tun habe.

„Kehre zu deiner Welt zurück", sagten sie, „höre auf den guten Rat deines Vaters, necke deine Schwester nicht und sprich nicht zornig mit ihr; beachte dies und in drei Monaten darfst du zu uns zurückkehren und wir werden dich auf deinem Weg zur Quelle unvergänglicher Schönheit begleiten."

Sie wandte sich sehr traurig von dem Tore ab, denn die Aufgabe schien außerordentlich schwierig und ein oder zweimal dachte sie daran, umzukehren, um zu fragen, ob es nicht in leichterer Weise geschehen könne und wahrscheinlich würde sie es getan haben, wenn nicht ihr geistiges Gesicht im selben Augenblick geschlossen worden wäre.

Der erste Gegenstand, den sie zur natürlichen Welt zurückgekehrt sah, war Amanda welche ein Beet der schönsten Blumen begoss, die außerordentlich gewachsen waren, seitdem sie zuletzt von ihr beachtet worden.

„Da haben wir es wieder", rief sie, als sie mit Verdruss den Erfolg bemerkte, mit welchem ihre Schwester den Garten gepflegt hatte. „Sie bemüht sich alles besser zu tun als andere und dann wird sie dafür gepriesen. Sie weiß, dass ich es nicht leiden kann, und ich bin überzeugt, dass sie es tut, um mich zu ärgern. Ich will gleich hingehen und ihr das Beet zertreten, ja das will ich tun."

Und fort lief sie, ganz außer sich, nur weil es ihrer Schwester gelungen war, mit großer Mühe und Sorgfalt einige Blumen aufzuziehen!

Als sie in dieser boshaften Absicht fortlief, hielt sie plötzlich inne, indem sie erstaunt und erschrocken um sich blickte.

„Sprachst du, Amanda?" fragte sie voller Entsetzen.

„Nein, liebe Schwester, ich bin eben im Begriff dir einen Strauß von meinen schönen Blumen zu winden, komm und sieh, wie prächtig sie gewachsen sind."

„Aber jemand sprach, Schwester, und sagte: Gedenke."

„Du musst dir das eingebildet haben, Schwester, denn ich hörte niemand!" entgegnete Amanda.

Aber es war in der Tat eine Stimme, welche sprach, wahrscheinlich die ihres Schutzengels, welcher mit ihrem Geiste redete, (wie Gott zu Samuel sprach, als er an heiliger Stätte lag), sie ermahnend, die Folgen eines so böswilligen Benehmens zu bedenken. Dies ist die Weise in welcher Engel auf uns einwirken, sie rufen uns die Lehren ins Gedächtnis zurück, welche wir früher erhalten haben und streben dadurch, uns von der Sünde abzuziehen, welche wir zu begehen versucht sind.

Diese Warnung durch die geheimnisvolle Stimme, übte eine heilsame Wirkung aus, denn Amara nahm an, dass sie eine freundliche Mahnung vom Himmel sei.

Als sie zu Amanda hinging und deren Blumen besah und ihr dieselbe von ihrer Schwester mit Bereitwilligkeit alle geschenkt wurden, schämte sie sich im Innern darüber, dass sie solchen unfreundlichen Gefühlen

Raum gegeben hatte und beschloss, von nun an nicht mehr Amandas Blumen zu zerstören. Dies war vielleicht das erste Mal, dass Amara sich schämte Böses getan zu haben und vielleicht auch war es der erste gute Entschluss, den sie fasste, der nicht augenblicklich darauf gebrochen wurde.

Manche Kämpfe gingen nun in dem Herzen Amaras vor sich, Neid und Eifersucht stritten gegen den Entschluss, den Vorschriften der Engel gehorsam zu sein, damit sie befähigt werden möge, durch das Land der Engel zur Quelle unvergänglicher Schönheit zu schreiten. Sie siegte nicht jedes Mal, denn bisweilen wurde sie von Leidenschaft überwältigt und verweigerte unter solchem Einfluss wieder ihrem Vater den Gehorsam. Sie sah deshalb nicht ohne Besorgnis dem Ende der drei Monate entgegen. Endlich waren diese verflossen und als sie einst in der schattigen Grotte in Nachdenken verfiel, wurde ihr geistiges Gesicht geöffnet und ihr Schutzengel stand vor ihr.

„Eile Schwester", sagte er, „denn Engel warten deiner. Eine Gesellschaft begibt sich zu der nie versiegenden Quelle und wünscht, dass du mit ihr gehst."

Amara beeilte sich so sehr sie konnte und erreichte bald das Tor des Gehorsams. Nach dem gewöhnlichen Anklopfen wurde es von einer Engelschar geöffnet, welche sie wieder mit einem Lächeln des Willkommens begrüßten. Als sie eintrat, empfand sie zu ihrem Erstaunen die Atmosphäre sehr angenehm und belebend und jeder Atemzug verursachte ihr ein unaussprechliches angenehmes Gefühl. Das gleiche fand mit jedem ihrer Sinne statt, denn durch die Tätigkeit derselben wurden höchst wundervolle, entzückende Empfindungen in ihr rege. In der Tat schien alles wonnig und erfreulich, denn alles war so völlig in Übereinstimmung untereinander und mit ihr, dass sie nicht ein einziges Ding anders hätte wünschen mögen als wie es war.

Als sie sich hierüber verwunderte, führten die Engel sie zu einer geräumigen Halle, in welcher eine andere Gesellschaft Engel lustwandelte und ihrer zu erwarten schien. Sie kamen zu ihr, begrüßten sie mit dem Kusse der Liebe und baten sie guten Mutes zu sein, denn sie bemerkten, das Amara niedergeschlagen wurde, indem sie über ihren Ungehorsam nachdachte. Zu ihrem großen Erstaunen fand sie, als sie zu jenen stieß, dass ihre Kleider denen der anderen ähnlich, doch etwas durch schwarze Flecke, die sich hie und da bemerkbar machten, entstellt waren, und sich abwendend sagte sie: „Wartet und lasst mich zurückgehen und diese Flecken abwaschen, denn sie sehen so hässlich aus."

Die Engel lächelten über ihr Verlangen und sagten: „Du kannst das nun nicht, aber lasst uns zur Quelle eilen und du wirst sie da auswaschen", und indem sie so sprachen führten sie Amara fort auf dem Pfad welcher Schönheit genannt wird.

Die Atmosphäre war noch immer entzückend und der Weg sehr anziehend. Er war wunderherrlich gebildet. Hier mussten sie eine sanfte Anhöhe hinan, dann folgte ein leichtes Hinabsteigen, im Ganzen genommen jedoch stiegen sie fortwährend in die Höhe. Der Weg lief nicht in gerader Linie fort, denn bisweilen traten ihnen Hindernisse entgegen, welche sie veranlassten etwas abzubiegen. Aber das war keineswegs unangenehm, denn sie wurden jedes Mal durch eine herrliche Aussicht belohnt, welche ihnen sonst entgangen wäre, oder wurden dadurch vor irgendeiner Gefahr beschützt, welche ihnen sonst gedroht hätte, wie sie, wenn sie um die Ecke bogen, bemerkten. So weit als ihr Blick dringen konnte, sahen sie prächtige Bäume, je nach ihrer Art verschieden in Gruppen geordnet, und auf üppigen grünen Wiesen weideten friedlich verschiedenartige Tiere. Aber das seltsamste und ansprechendste aller dieser Dinge, war für Amara ein Stern, welcher vor ihnen herging und ihren Weg bezeichnete, gerade wie die Weisen nach Bethlehem geführt wurden! Die Engel waren wohl bekannt mit dieser herrlichen Erscheinung und nannten ihn „den Stern der Erkenntnis". Er war immer sichtbar und schien mit besonderem Glanze im Schatten des Abends und so lange sie ihn sahen, war keine Gefahr für sie vorhanden, ihren Weg zu verlieren.

Amara setzte ihren Pfad fort mit ihren Engelgefährten, welche ihre Reise außerordentlich interessant und belehrend machten, indem sie Erzählungen voller Weisheit mitteilten, oder Amara den Charakter ihres großen Herrn und die Natur seines Reiches schilderten. So ging sie eine lange Weile fort und einige Male glaubte sie das Rauschen der Quelle zu hören, aber diese wurde nicht sichtbar. Endlich jedoch wurde sie ermüdet und angegriffen und dazu begann sie auch wieder denselben Druck und dieselbe Schwierigkeit beim Atmen zu empfinden, die sie das erste Mal erfahren hatte.

Bald war sie genötigt inne zu halten und mit Tränen in den Augen sagte sie: „Ich sehe, dass ich die Quelle nicht erreichen kann! Was soll ich tun?"

„Schwester, fürchte nicht", sagten die Engel in dem Ton des freundlichen Mitgefühls, „wir wussten, dass du nicht fähig wärest, die Quelle zu erreichen, aber wenn wir dir das gesagt hätten, würdest du uns nicht geglaubt haben, deshalb sind wir so weit gegangen, um es dir zu zeigen. Wir wissen, dass du deinem Vater nicht gehorsam gewesen bist und es ist gut, dass du erfährst, wie du niemals imstande sein wirst, Gott zu gehorchen und in diesem Engelland zu leben, bis du stetig deinem irdischen Vater gehorchst. Denn Gehorsam gegen deinen Vater auf Erden ist die Grundlage eines wahren Gehorsams gegen deinen Vater im Himmel. Du musst deshalb zu deiner Erde zurückkehren", fuhren die Engel mit Ernst fort. „Und beherzige! Du musst nicht nur unbedingt den gerechten Wünschen deines Vaters gehorchen und freundlich gegen deine Schwester und deine Freunde sein, sondern du musst auch deine Beweggründe ändern! Bisher hast du Schönheit und Lieblichkeit gewünscht, um deine Schwester darin zu übertreffen und sie zurückgesetzt zu sehen. Gehe nun und lerne nach Gutem zu streben, ohne dabei zu wünschen, dasselbe möchte andern weniger zuteilwerden. Du wirst nicht weniger Gutes erhalten, weil andere auch damit gesegnet sind, denn in der Hand unseres großen Herren sind Segnungen für jedermann. Tue dies sechs Monate lang und dann sollst du uns wieder besuchen."

Beunruhigte sie die frühere Enttäuschung, so tat diese es zehnmal mehr. Es war nicht nur die Enttäuschung selbst, sondern auch die fühlbar vermehrte Aufgabe, die ihr auferlegt wurde, welche sie mit Bekümmernis erfüllte, denn sie dachte, das Schönheit nur von geringem Wert sei, wenn diese sie nicht zu einem Gegenstande der Bevorzugung und der Bewunderung über alle anderen erhöbe. Die Worte des Engels hatten sie stutzig gemacht und sie fühlte, wenn dies die einzigen Bedingungen seien, unter denen sie zur Quelle gelangen könne, würde sie nie dahin kommen. Sie kehrte traurig und sehr beunruhigt zurück. Aber als sie sich dem Tore näherte, kamen die Engel ihr entgegen und gaben ihr manche Versicherungen eines schließlichen Erfolges. Sie nahmen liebend von ihr Abschied und beschworen sie, Mut zu fassen und Gott zu vertrauen. Als sie durch das Tor ging, traf der Laut einer sanften Musik ihr Ohr. Es lag etwas so Besänftigendes und Tröstliches in den Tönen, dass sie gegen die Sänger ein Gefühl von Dankbarkeit empfand und neugierig war, zu wissen, wer sie wohl sein möchten. Bald unterschied sie die Worte, welche wie folgt lauteten:

> *„Nimmer fürchte,*
> *teure Schwester,*
> *Schönheit wird dir werden.*
> *Ernstlich streite,*
> *dich bereite*
> *durch den Kampf auf Erden."*

Daraus, dass ihr der zärtliche Name einer ‚Schwester' gegeben wurde, wusste sie, dass die Singenden ihre Schutzengel seien; denn diese betrachteten gerne diejenigen, welche sich zu bessern streben, als Brüder und Schwestern.

Bei ihrer Rückkehr zur Welt war Amara eine Zeitlang traurig und niedergeschlagen. Aber Amanda war noch freundlicher als gewöhnlich, sie tanzte und sang und brachte reife Früchte, welche sie mit großer Sorgfalt gezogen hatte und bemühte sich durch jedes Mittel das ihr zu Gebote stand, Amara zu erheitern. Unterstützt von ihrem Vater und ihrer Schwester sowie von einigen liebreichen Freunden, welche schon die Veränderung bemerkt hatten, die in ihrem Geist vorgegangen war, begann sie endlich heiterer und fröhlicher zu werden.

Bald wurde es von allen bemerkt, wie viel liebenswürdiger Amara geworden und wie freundlich sie jetzt gegen Amanda war! Und wenn beide mit ihrem Vater ausgingen, sagten die Nachbarn: „Da kommt der gute Mann mit seinen zwei schönen Töchtern."

Als Amara dies zum ersten Mal hörte, gefiel es ihr sehr. „Zwei schöne Töchter!" wiederholte sie bei sich selbst. „Zwei schöne Töchter!"

„Wohlan, das habe ich nicht erwartet", fuhr sie fort, „aber ich sehe, es ist gerade wie die Engel sagten. Ich habe des Guten nicht weniger, weil auch meine Schwester damit gesegnet ist. Wer hätte denken können, dass ein Lob unserer Nachbarn, wenn mit der Schwester geteilt, so süß hätte sein können!" Sie begann allmählich diese Wahrheit mehr und mehr zu empfinden und in wenigen Monaten erkannte sie, wie wohltuend es ist willig zu sein, unser Gutes mit anderen in Gemeinschaft zu besitzen.

Amara begann nach und nach eine gewisse Wonne und Freude am Leben zu fühlen, welche sie früher nie empfunden hatte. Alle, welche sie früher gemieden hatten, in der Befürchtung, dass sie mit ihnen Streit anfangen würde, schienen nun in Freundlichkeit gegen sie zu wetteifern, denn es ist eine der Beherzigung würdige Wahrheit, dass wir andere leicht durch Liebe und Freundlichkeit für uns gewinnen.

Es lebte in der Nähe ein sehr wohlwollender Edelmann welcher „der weise Mann des Hügels" genannt wurde, ein Freund ihres Vaters, der sich außerordentlich über die Veränderung freute, die in Amaras Gemüt bewirkt worden war. Er hatte große Besitzungen und da er keine Kinder hatte, beschloss er, sein ganzes Eigentum Amanda zu hinterlassen. Aber zufolge der Veränderung in Amaras Gesinnung, entschied er sich dafür, das Ganze beiden zu gleichen Teilen zu vermachen. Dies war ein Beweis, woran Amara nicht verkennen konnte, wie weit mehr Freundlichkeit als Unfreundlichkeit erreicht.

Die Schwestern besuchten häufig diesen Freund und bisweilen blieben sie zwei oder drei Tage beisammen und ergingen sich in schönen Spaziergängen an den Abhängen der Hügel oder spielten mit Lämmern auf den Fluren.

Einst, als sie mit „dem weisen Manne" lustwandelten, sah Amara einige wilde Blumen welche auf dem Gipfel eines großen Felsens wuchsen und ohne ihren Gefährten etwas zu sagen, schlug sie einen Seitenweg ein und ging einen steilen und mühsamen Pfad hinan, der in gerader Richtung zu den Blumen zu führen schien. Sie bemerkte jedoch nicht, dass der Pfad bald in entgegengesetzter Richtung ablenkte und sie völlig irreführte. Sie strengte ihre Kräfte an, indem sie erwartete jeden Augenblick den Gipfel zu erreichen, aber das gelang ihr nicht und da sie müde geworden war und fürchtete „der weise Mann" und ihre Schwester möchten weiter gegangen sein, wandte sie sich um, in der Absicht, denselben Weg zurückzukehren.

Aber indem sie sich umwandte, kam ihr eine weibliche Gestalt, in ein glänzendes Gewand gekleidet, mit einer Verneigung und mit bezaubernden Lächeln entgegen und sprach: „Schönes Mädchen, ich sehe, du hast deinen Weg verloren, komm mit mir, ich will dir einen näheren und leichteren zeigen, als den du gekommen bist."

Sie bedeutete Amara ihr zu folgen und ging dann einen gemächlichen, breiten Weg hinab. Die Eitelkeit der armen Amara war geschmeichelt, als die Frau ihre Schönheit pries und ohne zu überlegen, folgte sie ihr sogleich.

Im Weitergehen schien die Frau außerordentlich freundlich und angenehm und sagte unter manchen anderen Dingen: „Am Ende dieses Weges befindet sich ein Brunnen, der das Herz froh, das Leben glücklich, das Antlitz aller derjenigen schön macht, welche von dessen Wasser trinken."

„Wirklich", fragte Amara erstaunt, „und wie weit ist er von hier?"

„Nur wenige Meilen", erwiderte die Frau.

„Merkwürdig!" rief Amara, „wie sonderbar, dass weder der weise Mann noch Amanda jemals diesen Brunnen erwähnten!"

Und sich dann an die Frau wendend, sagte sie: „Das muss gerade der Brunnen sein, den ich seit so manchen Monaten bemüht gewesen bin, zu erreichen! Wie lange habe ich mich gequält und hier ist er just zur Hand!"

Sie begann nun zu denken, dass die Engel und Amanda sie getäuscht hätten und um sie alle in Erstaunen zu versetzen, und zu zeigen, dass sie das Geheimnis von selbst ausfindig gemacht habe, beschloss sie die Frau zu bitten, ihr sogleich den Weg zu dem Wasser zu zeigen.

„Gern", sagte die Frau, „denn mein Name ist Venus und es ist meine Bestimmung, auf diesen einsamen Pfaden herumzustreifen, um die Müden zur Ruhe zu führen und alle, welche mir folgen wollen, zu jener glücklichen Quelle des Vergnügens, der Heiterkeit und Schönheit zu leiten." Darauf ergriff sie Amaras Arm und eilte mit ihr fort.

Arme Amara! Sie war wie die meisten Menschen sind. Sie war so begierig ihr Ziel zu erreichen, dass sie jeder noch so unwahrscheinlichen Geschichte Gehör gab, wenn sie ihr nur die leichte und schnelle Erfüllung ihrer Wünsche versprach. Sie zweifelte an ihren geprüften Freunden und gab sich einer Person hin, die sie nicht kannte. Der Erfolg war so, wie man ihn hatte erwarten können, ähnliches ereignet sich in unserer Zeit alle Tage.

Der weise Mann und Amanda hatten ihren Weg fortgesetzt, in der Erwartung Amara würde jeden Augenblick folgen, aber da sie nicht kam, dachten sie, Amara sei zurückgeblieben, um einen Strauß wilder Blumen zu pflücken, welche sie ganz besonders liebte, und dass sie ihnen bald nachkommen würde. So gingen sie weiter, ließen Amara zurück und beruhigten sich dabei, dass sie wohl zum Mittagessen heimkehren würde. Die Mittagsstunde kam, aber keine Amara erschien. Doch war es nicht ungewöhnlich, dass sie zum Mittagessen ausblieb, denn oft behielten die Nachbarn sie bei sich und deshalb verursachte ihre Abwesenheit nur geringe Unruhe, und am Nachmittag gingen der weise Mann und Amanda einen Freund besuchen und kehrten erst am Abend zurück.

Mittlerweile hatte Venus Amara vorwärts geführt und in der einnehmendsten Weise ihr allerlei Geschichten erzählt, davon einige ihr zuerst anstößig waren, aber nach einer kleinen Weile ging sie mit Freuden auf den Geist derselben ein. Der Weg war beschattet, ja in der Tat so sehr, dass das Licht beinahe ausgeschlossen wurde. Er war bequem und kühl, und da er gleichmäßig abwärts führte, war der Spaziergang entzückend und ansprechend. Die Quelle erschien jedoch nicht so bald, als Amara erwartete. Sie hatte ungefähr vor einer Stunde etwas gehört, was Venus das Murmeln von Wasser nannte, aber doch schien sie nicht näher zu kommen, und endlich fing die Besorgnis an in ihr aufzusteigen, dass sie nicht imstande sein würde, vor Anbruch der Nacht heimzukehren.

„Sei ohne Sorge", sagte Venus, „denn mir stehen eine Menge Nymphen zu Gebote, die dich in einem Augenblick zurückbringen können!"

„Wenn dem so ist", dachte Amara, „können sie mich ebenso leicht auf einmal zu dem Brunnen bringen, und so mir alle weitere Mühen ersparen."

Aber als sie dieses gegen ihre Begleiterin erwähnte, welche immer eine einleuchtende Entschuldigung bei der Hand hatte, sagte diese: „Der Tag ist schön, der Weg ist angenehm und die Entfernung ist so gering – es wird besser sein zu gehen."

So schritt Amara vorwärts, aber allen Erzählungen und dem listigen Lächeln der Frau Venus zum Trotz, wurde ihr immer ängstlicher und unbehaglicher zu Mute, besonders da die Sonne unterging und dicke Gewitterwolken von allen Richtungen sich zusammenzogen. Ihre Besorgnis wurde noch vermehrt als sie in einen düsteren Wald einzutreten begannen, in dessen Mitte der Brunnen sein sollte, wie Venus beruhigend erklärte. Die Schatten des Abends umhüllten sie eilig und ehe sie weit gedrungen waren, wurde es finster und jeder Stern verschwand.

Der Sturm heulte zwischen den Bäumen und wurde bei jedem neuen Windstoß lauter und lauter. Große Regentropfen begannen auf die Blätter und bald auch auf die Wanderer zu fallen, so dass sie in kurzem bis auf die Haut durchnässt wurden. Blitze folgten auf Blitze, begleitet von einem lauten und schrecklichen Donner. Bäume wurden umgeworfen und von der Wut des Sturmes, der nun zum vollständigen Orkan geworden war, fortgeschleudert. Es war wahrhaft schrecklich. Amara entsetze sich, und indem sie ihr Gesicht mit den Händen bedeckte, lief sie hierhin und dorthin und versuchte ein sicheres Plätzchen zu finden, aber an allen Orten hauste der Sturm. Sie beschwor ihre Gefährtin, sie zu beschützen und zurückzuführen, aber der wahre Charakter der Venus fing nun an sich zu enthüllen. Amara befand sich jetzt in ihrer Gewalt und es wurde offenbar, dass sie der Dämon des Sturmes war, sowie dass sie das arme Mädchen in den Wald gelockt hatte, um es zu quälen und womöglich zu verderben.

Wenn das Zucken der Blitze schnell aufeinander folgte, die Bäume in Atome zersplitterten und Amara nahe daran war, vor Furcht zu sterben, lachte Venus und die Luft widerhallte vom Geräusch ihrer wilden, unnatürlichen Freude und als sie ungestüme Lieder sang zur Verspottung der kläglichen Bitten Amaras, vereinigten sich die höllischen Töne mit dem schrecklichen Heulen des Sturmes.

Die arme Amara erkannte nun den Fehler, den sie begangen hatte, und gelobte, dass wenn Gott sie aus den sie umgebenden Gefahren befreie, ihr Leben retten und ihr Einsicht verleihen wolle, die Bösen zu durchschauen, würde sie niemals wieder von verstellter Schlechtigkeit sich von dem Wege der Pflicht abbringen lassen.

Dann wandte sie sich ab von dem wilden Toben des Dämons, bedeckte ihr Gesicht mit dem Mantel, fiel auf die Knie, betete und sprach: „O, Vater des Himmels und der Erde, Gott aller Kinder, Tröster und Beschirmer aller Bekümmerten, sieh mit mitleidigen Augen herab auf die trostlose und schreckliche Lage deines Kindes, und errette mich aus allen meinen Nöten. Ich habe gefehlt, indem ich von Deinen Wegen abwich, und nun bin ich umringt von dem ganzen Elend der Sünde; aber bei dir, allgütiger Vater, ist Barmherzigkeit und Vergebung; möge es dir gefallen deine allmächtige Hilfe zu senden, und mich zu den Wohnungen des Heils zu führen."

Sie erhob sich, innerlich getröstet vom Gebet, und als sie um sich blickte, sah sie Venus fliehen, als ob diese einem gefürchteten Gegenstande zu entkommen suche. Amara wunderte sich über diese plötzliche Flucht und konnte zuerst nicht begreifen, dass

„Höllische Mächte zittern, wenn sie erblicken
ein zerknirschtes Herz und gebeugtes Knie."

Aber bei näherem Nachdenken erkannte sie, dass das Böse nur so lange mächtig ist, als es uns gefällt, dessen Sklave zu sein. Im selben Augenblick, in dem wir uns zu dem Herrn wenden und uns Seiner Leitung hingeben, nimmt Sein Einfluss dem Bösen die Macht, es beginnt zu fliehen und wir treten in die Freiheit der Kinder des Lichtes ein.

Sobald also die Frau geflohen war, fingen die Schwierigkeiten Amaras an, aufzuhören, wenigstens fürchtete sie sich nicht mehr. Der Sturm ließ allmählich nach und als die Lichtstrahlen durch die Bäume zu brechen begannen, wusste sie, dass der Morgen nahe war: woraus deutlich zu ersehen, dass die Gegenwart des Bösen, in der Gestalt irgendeiner Venus, die Ursache aller Sorge und alles Leidens ist.

Aber noch befand sich Amara in einer unangenehmen Lage. Sie war in einem düsteren Walde, ohne Pfad oder Freund, der sie zu einer menschlichen Behausung hätte führen können. In der Tat war sie so einsam und verlassen, dass sie zu fürchten begann, sie könnte Hungers sterben.

„Fürchte dich nicht", sagte eine Stimme, „dein Gebet ist erhört und dein Schutzengel wird dich zu einem sicheren Platze führen."

Amara fuhr auf bei der Stimme des geheimnisvollen Trösters und blickte um sich, aber sah niemanden und wunderte sich, woher jene Stimme gekommen sei; denn der Mensch kennt nicht die Hand, welche ihm Gutes erzeigt, noch weiß er, woher ihm Trost zufließt. Wenn er in Bedrängnis ist, denkt er selten an die Vorsehung und die Heere Gottes, welche Seine Diener sind. Amara dachte nicht an die Engel, welche ihr beistanden und sie durch alle Gefahren führten, wie sie bei Hagar taten, als diese in der Wüste war, sonst würde sie die freundliche Stimme erkannt haben.

Während sie noch über die seltsame Flucht von Venus, über die Stillung des Sturmes und über die geheimnisvolle Stimme sich wunderte, drangen die Silbertöne einer Trompete an ihr Ohr. Sie folgte eilig der Richtung, aus der diese erschollen, und bei jedem Schritt wurden dieselben vernehmlicher.

Endlich hörte sie den Laut von Stimmen, deren eine sie sogleich als Amandas erkannte. Sie rief ihr entgegen: „Amanda, Amanda hilf mir, meine teure Amanda!" Amanda hörte den Ruf, wandte den Kopf des schönen Pferdes, auf dem sie ritt, gegen ihre verlorene Schwester und nach wenigen Augenblicken umarmte sie Amara. Beide weinten vor Freude, dass sie einander wiedergefunden hatten.

Sobald sie sprechen konnte, fragte Amanda in sanftem Vorwurf: „O, Schwester, warum entferntest du dich von uns? Wir haben dich die ganze Nacht gesucht und unsere Herzen sind sehr betrübt gewesen deinetwegen."

„Vergib mir, Schwester", rief Amara, „du sollst alles erfahren."

In diesem Augenblick trat der weise Mann hinzu, von mehreren Dienern gefolgt, einer von diesen stieg ab und nachdem sie Amara zu ihrer Errettung Glück gewünscht hatten, führten sie diese zu dem Pferde und eilten zu seinem Hause, welches in geringer Entfernung von dem Walde lag, wo durch Erfrischungen und Vorsorge aller Art dem erschöpften Zustande Amaras abgeholfen wurde.

Unterwegs berichtete Amara ihr Abenteuer und erzählte wie sie getäuscht worden war und wie sie die Nacht verlebt hatte, dann wie sie befreit worden war und wie die Töne der Silbertrompete sie zu ihnen geleitet hatte.

„Ich wusste", sagte der weise Mann frohlockend, „das meine Trompete der Wahrheit, wenn recht geblasen, von ihr vernommen würde! Sie ist nicht die erste arme Seele, welche dadurch gerettet wurde, und mit Gottes Hilfe will ich mein Leben dem Suchen solcher verlorenen und irrenden Geschöpfe widmen."

Bald langten sie im Haus des weisen Mannes an und nachdem sie an einem Feste teilgenommen hatten, welches zur Feier von Amaras glücklicher Errettung veranstaltet worden war, begaben die Schwestern sich heim. Der Vater war erstaunt über die Erlebnisse seiner Tochter, aber auch froh über die Befreiung derselben aus der Gefahr.

Als dieser Vorfall bekannt wurde, war die ganze Nachbarschaft von Dankbarkeit gegen den Herrn erfüllt, dass Er so gnädig Amara bewahrt hatte, denn sie betrachteten diese nun wie eine liebe und gute Schwester. Ihr Gesicht hatte einen neuen Ausdruck gewonnen, es war jetzt ein Reiz darüber verbreitet, von dem keine Spur früher da war, als sie noch so üblen Launen sich hingab. Amara wusste selber nichts von dem Reize, denn das würde ihn verwischt haben; aber sie fühlte, dass sie geliebt wurde, und das ist eine der höchsten Freuden des menschlichen Lebens.

Die Zeit verlief glücklich und bald waren sechs Monate verstrichen. Als sie darüber nachdachte, was sich zugetragen hatte, seitdem sie in der geistigen Welt gewesen, öffnete der Herr wieder die Augen ihres Geistes. Derselbe Engel stand vor ihr und mit einem Lächeln des Willkommens, führte er sie zum „Tore des Gehorsams". Die Engel dort beglückwünschten sie mit einem Kuss, und zur Verwunderung Amaras schienen sie lieblicher und ihre Gewänder schöner, denn je.

Als sie in die hohe Halle eintrat, machte die Schönheit und Pracht von allem, was sie sah einen noch mächtigeren Eindruck auf sie. Die Mauern waren von reinem Alabaster, mit zahlreichen Figuren von zahmen Tieren und Vögeln seltsam bezeichnet. Das Dach war von Zedernholz, reich geschnitzt und von vier Marmorsäulen unterstützt. Das Licht fiel durch eine Wölbung mit reichem Schmelze hinab und sonderbarerweise schien es belebt und sah aus wie lebendiges, goldenes Licht; und wenn dessen schöne Strahlen auf den Wänden spielten, schuf es wunderbare Bilder, welche den Zustand und Charakter der Neigungen und Gedanken der Engel darstellten.

„Seltsam", rief Amara im ersten Erstaunen und sich an die Engel wendend, fragte sie, warum alles heute so schön sei?

„Oh", sagten diese, „wir genießen jeden Tag den Anblick aller dieser wundersamen und schönen Dinge."

„Aber", entgegnete Amara, „sie waren anders, als ich sie voriges Mal sah!"

„Sehr wahrscheinlich", sagten die Engel, „aber du weißt, dass du damals nicht deine Schwester liebtest; auch warst du nicht freundlich gegen deine Bekannten; das war unrecht und das Unrecht verursacht einen Nebel, der sich über den Geist verbreitet und die lieblichsten Gegenstände verdreht und verkehrt, weshalb die Schönheit selber dem Bösen als vollständige Hässlichkeit erscheint!"

„Wenn dem so ist, wie manchen herrlichen Anblicks muss ich dann verlustig gegangen sein durch meine Schlechtigkeit und Torheit!" dachte Amara. Und in dieser Überzeugung beschloss sie, von nun an alles Böse zu meiden und besonders jedes Verlangen, ihrer Schwester zu schaden.

In kurzem fand sie sich mit himmlischen Gewändern bekleidet, und zu ihrem Erstaunen waren diese ebenso schön wie die, welche die Engel trugen. Die schwarzen Flecke und das hässliche Aussehen war ganz verschwunden, und als Zutat zu ihrer früheren Kleidung erhielt sie einen Kranz von köstlich duftenden Blumen, den ein Wesen von der erhabensten Schönheit ihr auf das Haupt setzte, sie belehrend, dass dies ein Symbol der Krone des Lebens und das Pfand der Schwesternschaft jenes Himmels sei.

So angetan schritt sie vorwärts auf dem Pfade der Schönheit. Es schien, als ob sie keines Führers bedürfe, denn sie war völlig vertraut mit dem Wege, aber gleichwohl ging eine Engelschar mit ihr. Der schöne Stern der Erkenntnis erschien wieder und strahlte mit vermehrtem Glanze. Er zeigte deutlich den Weg an und wo irgendeine Gefahr vorhanden war, stand er still und verbreitete sein Licht über die Stelle, sodass in jedem Falle die Reisenden bei Zeiten gewarnt wurden und leicht ausweichen konnten.

Sie gingen weiter, erfreuten sich aneinander und bewunderten alles was sie sahen, bis sie zu einem anderen Tore kamen, das aus festem, glänzendem Silber gebildet und so herrlich war, dass sie kaum hinblicken konnte; über dem Gipfel desselben stand geschrieben: „Tor der Pflicht."

„Hier müssen wir von dir scheiden", sagten die Engel, „wir können nicht in jenem Lande leben, welches du durch das Tor siehst, denn es ist weit herrlicher und heiliger als das unsrige. In unserem Lande sind wir glücklich und unser Geist fließt von Segnungen über, aber er ist nicht fähig, jene reinere Luft einzuatmen, und deshalb müssen wir dir jetzt Lebewohl sagen!"

Amara wunderte sich dessen, aber sagte nichts, denn sie war begierig zur Quelle zu gelangen. Die Engel gaben ihr einen liebevollen Kuss und wandten sich dann um. Amara lief kühn die Stufen hinan und klopfte laut an das Tor. Es wurde beinahe augenblicklich von einem jugendlichen Wesen geöffnet, über dessen Antlitz ein Hauch innerster Zufriedenheit ergossen war. Als Amara eintrat, sagte sie, weshalb sie komme, und der Engel erwiderte: „Du wirst sogleich weitergeführt werden."

Nach einer kleinen Weile kam ihr eine Gesellschaft himmlischer Wesen entgegen, die zu erkennen gab, dass sie bereit seien, mit ihr zu gehen. Amara folgte ihnen, aber noch waren sie nicht weit gegangen, als sie einen ähnlichen Druck auf dem Kopfe empfand, wie sie ihn früher gefühlt hatte, als sie genötigt worden war, umzukehren. Sie kannte dessen Bedeutung und indem sie in Tränen ausbrach, sagte sie: „Bin ich noch nicht rein genug, um zu der Schönheitsquelle gehen zu dürfen?"

„Wir würden dich gerne dahin führen, teure Schwester", sagte ein Engel, „aber es wäre dein Verderben. Du kannst nicht dahin gehen, ehe du nicht unter angenehmen Empfindungen die Luft von unseres Himmels einzuatmen vermagst."

Amara war sehr traurig und bekümmert über diese Ankündigung. Für den Augenblick schien es ihr unmöglich, besser zu werden, als sie nun war, und doch wusste sie, dass irgendeine neue Pflicht ihr auferlegt werden würde. Wie wahr ist es, dass niemand einen höheren Zustand würdigen kann, als den, in dem er sich befindet! Aber Amara fragte im Tone der Verzweiflung: „Was muss ich nun tun?"

„Du musst wieder deine Beweggründe ändern", sagten die Engel. „Bisher hast du das Böse vermieden und das Gute getan, nicht aus dem Grunde, weil es eine Pflicht ist, die du gegen Gott und gegen deine Nebenmenschen zu erfüllen hast, sondern um einer selbstsüchtigen Befriedigung willen. Zuerst wünschtest du schön zu sein, um die Liebe und das Lob Amandas nur für dich zu erhalten und dann wünschtest du schön zu sein, um dieses mit ihr zu teilen. Kannst du nun einsehen, dass in diesen beiden Beweggründen, besonders in dem ersten, etwas Selbstsüchtiges liegt? Du musst deshalb zu deiner Welt zurückkehren und aufhören, Böses zu tun, weil es eine Sünde gegen Gott und eine Beleidigung gegen deine Brüder und Schwestern ist. So wirst du allmählich das Eigene aus deinen inneren Beweggründen entfernen und Gutes tun, weil es von Gott und zum Besten deiner Nebenmenschen ist; dies sind die Beweggründe, aus welchen die Menschen handeln sollten."

Die Engel baten sie guten Mutes zu sein und dem Herrn zu vertrauen, dann würden die Schwierigkeiten der Aufgabe mit der Zeit überwunden werden. „Kehre zwölf Monate lang zur Welt zurück", sagten sie, „und nach Verlauf dieser Zeit sollst du wieder zu uns kommen." Sie gaben ihr darauf einen sehr liebevollen Kuss – und sie war wieder in der natürlichen Welt.

Zuerst hatte Amara große Schwierigkeiten, alle Gedanken von Belohnung aus ihrem Geiste zu verbannen. Aber mit der Zeit, durch fortwährende Aufmerksamkeit auf ihre Beweggründe, fand sie, dass es möglich sei „Gutes zu tun, ohne auf Lohn zu hoffen." Sie hörte auf, Handelsbedingungen mit Gott zu machen, in der Art, dass wenn er sie schön machen wolle, indem er ihr gestatte in der Schönheitsquelle zu baden, wolle sie freundlich gegen Amanda und gegen jedermann sein.

Sie wurde allmählich dahin gebracht, zu erkennen, dass es ein Recht und eine Pflicht ist, welche wir einander schuldig sind, nichts Böses zu tun, weder in Gedanken, noch in der Neigung, noch in der Tat, und so, dass wir auf diese Welt gesetzt sind, um zu lernen, unser Scherflein zu dem Schatze von menschlichem Nutzen und menschlichem Guten beizutragen, damit wir alle ein gemeinsames Recht an menschlichem Glück haben mögen.

Nach wiederholten Prüfungen während der zwölf Monate öffnete die göttliche Vorsehung noch einmal ihr geistiges Gesicht und sie wurde durch das „Tor des Gehorsams" zu dem „Tor der Pflicht" geführt; und auch diesmal hatte dessen Größe und Pracht in einem wunderbaren Grade zugenommen. Es glänzte, als ob zehntausend Strahlen der Mittagssonne sich darin gesammelt und zu einem wunderschönen Tore gestaltet hätten.

Amara klopfte an und auf die Aufforderung eines Engels, der in weiß schimmernde Gewänder gekleidet war, trat sie ein. Als sie um sich blickte und eine erstaunliche Pracht gewahrte, fürchtete sie, dass irgendetwas durch ihre Berührung beschädigt werden könnte. Sie wurde erst betroffen durch die Stärke des Lichtes; denn es schien als befände sie sich in der Mitte eines Diamanten, auf den die funkelnden Strahlen von tausend Sonnen gerichtet waren. Und doch, seltsam genug, war das Licht nicht schmerzhaft blendend, sondern erquickend und erfreuend! Die Wärme, welche es enthielt, erhob und heiligte ihre ganze Seele, denn es war geistige Wärme, welche das Herz zu beleben, gute Neigungen zu erwecken, Ehrerbietung und Ehrfurcht vor allem, was gut und wahr ist, hervorzurufen vermag.

Amara trat nun ihre Reise an. Als eine sonderbare Eigentümlichkeit fiel es ihr auf, dass sowohl die Engel selbst als auch die Landschaften des Himmels bei jedem neuen Besuche schöner und interessanter wurden. Bei etwas Nachdenken jedoch bemerkte sie, das die Veränderung in ihr selbst sei; denn in der geistigen Welt hat alles eine unmittelbare Beziehung auf die dort Lebenden. Jeder Gedanke und jede Neigung der Engel nimmt eine äußere, objektive Form an und so ist alles, was im Himmel gesehen wird, die Ausgeburt und der Widerschein von Engelsgeistern. Jeder Engel sieht sich deshalb wieder in alledem, was ihn umgibt. Jedes Tier und jeder Vogel, ja jeder Gegenstand der sichtbar wird, gestaltet sich so zum Spiegel, welcher die innere Seele der Engel vor ihren äußeren Sinnen im Bilde darstellt, sodass sie sich unmöglich über sich selbst täuschen können! Das ist ein Grund warum die Engel so einzigartig glücklich sind, weil eine stete Übereinstimmung und Entsprechung zwischen ihrem Zustand und den sie umgebenden Gegenständen stattfindet. Keine Verdrießlichkeiten, keine Schwierigkeiten können da obwalten, denn die inneren Neigungen fließen in die äußeren Gegenstände ein und sorgen gleichsam für ihre eigene Befriedigung. Hierin liegt auch der Grund, weshalb der Himmel so herrlich und die Hölle so scheußlich ist, denn Güte und Tugend ist die Seele wirklicher Schönheit, und darum bildet die Schönheit des Himmels die Form der Güte der Engel. Bosheit und Laster aber sind der Grund aller Entstellungen und allen Elendes, so dass die Furchtbarkeit der Hölle durch die Ausgeburt der Bosheit der Sünder entsteht.

Gerade deshalb wurde in dem Maße, als Amara innerlich besser wurde, alles was sie sah, schöner und entzückender. Sie wurde allmählich in einen reinen, engelgleichen Zustand versetzt und dann konnte sie die Luft des Himmels einatmen, und mit dessen Bewohnern verkehren. Und als sie miteinander gingen, schaute jeder den Zustand des anderen, ja sogar jeder Wunsch und Lebenszweck stellte sich vor ihren Augen dar; und so genoss jeder seine eigene Lebensfreude und die der anderen noch dazu und indem sie andere zu beglücken wünschten, empfanden sie alle miteinander ein erhöhtes Glück.

Sie sahen wunderschöne Paläste am Wege, einige waren von glattem Marmor, mit Alabasterstufen vor dem Eingange und Säulen von Jaspis an den Seiten, welche regenbogenförmige Überdachungen trugen. Innerhalb dieser Säulengänge lustwandelten Engel und führten eine angenehme Unterhaltung. Sie trugen herabwallende weiße Gewänder, denen ähnlich, mit welchen die Frauen am Grabe des Herrn die Engel bekleidet sahen. Die Gefährten von Amara sagten ihr, dass jene, wie überhaupt jeder Engel, einst Bewohner der natürlichen Welt gewesen und von der Erde in den

Himmel versetzt worden seien, um in ewiger Glückseligkeit zu leben.

Amara wanderte stillschweigend fort, indem sie bei sich die erstaunlichen Dinge, welche sie gehört und gesehen hatte, erwog, als sanfte Töne einer entfernten Musik an ihr Ohr schlugen. Sie kamen näher und näher und schienen von jedem Palast und jedem Engel im Himmel herzurühren! Es war ein Lobgesang auf den Schöpfer; das Lied war folgendes:

> *„Du, Herr, bist heilig, Du allein!*
> *Es ist vor Dir kein Engel rein;*
> *es loben Dich der Engel Heere,*
> *Dir, Ewiger, sei Preis und Ehre!*
> *Dir sei, o Herr, in Dankbarkeit*
> *auch unser ganzes Herz geweiht;*
> *o, lass nach Deinem Wohlgefallen*
> *uns liebend miteinander wallen!"*

Amara stimmte unwillkürlich in den lauten, schwellenden Gesang ein, denn er war in Übereinstimmung mit den Empfindungen, von welchen sie erfüllt war. Als die Musik aufgehört und sie sich von ihrem Erstaunen erholt hatte, fragte sie nach der Ursache solcher allgemeinen Lobpreisung.

„Es sind Verherrlichungen", sagten die Engel, „sie werden häufig im Himmel vernommen und sind Anzeichen der besonders starken Wahrnehmung der Güte des Herrn, welche die Engel bisweilen empfinden. Wir werden empfänglich gemacht für die Güte und Barmherzigkeit Gottes und in demütiger Dankbarkeit für all Seine Gnadenbezeugungen stimmen wir gleichzeitig Lieder der Anbetung und Dankbarkeit an. Dann widerhallt der Himmel von den Lobpreisungen Gottes."

So gingen sie weiter, über diese wundervollen Dinge sich unterhaltend, und bei jedem Schritt wurden neue Wunder sichtbar. Zuletzt kamen sie zu einem anderen Tor, welches noch schöner als die beiden früheren und aus solidem Golde geformt war. Oben drüber stand in Buchstaben von scheinendem Golde geschrieben: „Tor der Liebe".

Als Amara dasselbe sah, fühlte sie eine Vorahnung, dass sie nicht würde hindurchgehen können, und unwillkürlich rief sie: „Noch nicht!"

„Noch nicht!" wurde von innen geantwortet.

„Alles ist wohl, aber noch nicht", sagten die Stimmen wieder.

Sie stutzte und wandte sich ab, ganz niedergeschlagen über dieses wiederholte Fehlschlagen, als das Tor geöffnet wurde und eine Schar der lieblichsten Wesen, welche je ein Sterblicher sah, erschienen; sie waren in reiche, weiße Gewänder gekleidet und luden sie zu sich ein. Als sie sich nahte, sang eine andere Gesellschaft innerhalb des Tores ein Trostlied, und alle Musik welche sie je gehört, war nichts dagegen. Die Worte waren folgende:

> *„Fürchte, Jungfrau, fürchte nimmer,*
> *leichter wird der Sieg dir immer;*
> *sicher steht der Herr dir bei,*
> *dass du wirst vom Bösen frei.*
> *Einmal sollst du wieder kommen,*
> *und mit Freuden aufgenommen*
> *führen wir zum Quell dich hin,*
> *dir zum ewigen Gewinn!"*

Amara war entzückt über die Versicherung, dass sie doch die Quelle der Schönheit erreichen würde und fühlte, dass sie in der Tat für sie eine Quelle der Freude sein würde. Die Engel küssten sie, und ermutigt durch deren Freundlichkeit, bat sie dieselben inständig ihr zu sagen, was ihr noch fehle, um sie zu befähigen, durch jenes Land und zur Quelle zu gehen.

„Du musst wissen, liebe Unsterbliche", sagte ein Engel, welcher die Liebe selbst zu sein schien, „dass unser Land das Land der Liebe ist. Hier tun wir alles aus Liebe und nicht nur aus Pflichtgefühl, denn in dem Antrieb zur Pflichterfüllung bemerken wir etwas von Zwang und Knechtschaft. Deshalb betrachten diejenigen welche in solchem Zustande sind, Gott als einen guten Herren und sich als Seine Diener. Aber wir lieben es, Ihn als unseren Vater und uns als Seine Kinder anzusehen. Du musst also", fuhr der Engel fort, „zu deiner Welt zurückkehren und das, was bis dahin eine Pflicht gewesen ist, zur Wonne und Freude dir machen. Du musst lernen, das Böse zu hassen und es zu fliehen, weil es gegen Gott ist und du musst Gutes tun, weil es gut und von Gott und die freiwillige Wahl deiner Seele ist. Du musst dich weder durch Furcht vom Bösen abhalten, noch durch Hoffnung auf Belohnung in dem Leben des Körpers oder in dem des Geistes antreiben lassen, Gutes zu tun, sondern du musst das Gute aus aufrichtiger und reiner Liebe zur Tugend tun, dann wirst du mit der Zeit zu uns zurückkehren und zur Quelle der Schönheit dringen."

Die Engel gingen die Stufen mit ihr hinab, küssten sie und baten sie guten Mut zu fassen. Sie standen da und sahen ihr liebevoll nach, und als sie von ihnen fortging schwenkten sie mit Tüchern in der Luft, um sie zu ermutigen, bis sie ihren Blicken entschwunden war.

Amara kehrte zur Welt zurück, beinahe fürchtend, dass sie dennoch nicht fähig werden möchte, in der

Quelle zu baden. „Hoffe nicht auf die Quelle!" sagte dieselbe geheimnisvolle Stimme, welche mehr als einmal ihr gesagt hatte, was sie in zweifelhaften Fällen zu tun habe. Sie fühlte, dass es eine Warnung vom Himmel sei, aber sie wusste nicht wie sie das verstehen sollte. „Hoffe nicht auf die Quelle!" wiederholte sie betroffen, und fuhr fort darüber zu grübeln, indem sie es tagelang bei sich erwog.

In großer Betrübnis ging sie zu der schattigen Grotte und bat um Erleuchtung, und während sie betete, öffnete sich der Himmel und ein Engel stand vor ihr. „Lass nicht deine Seele beunruhigt sein", sagte er. „Du musst von nun an aufhören, auf die Quelle als Lebenszweck zu hoffen, aber gehe zu Amanda, sie wird dich weiter belehren." Und als er dieses sagte, entschwand er plötzlich ihren Blicken.

Amara fühlte sich noch beunruhigt, sie suchte sogleich Amanda auf, erzählte ihr alles, was sich zugetragen, und bat sie ihr zu sagen, was sie zu tun habe.

„Teure Schwester", sagte Amanda, „du hast dich bis jetzt dem Guten folgsam erwiesen, nur um fähig zu werden, zur Quelle der Schönheit zu gelangen. Du musst nun die Sache umkehren und fortan die Quelle nur zu dem Zweck erwünschen, dass sie dich zum Guten führe. Was du bis jetzt zum Ziele gemacht hast, musst du nun als Mittel betrachten, und das Mittel muss nach diesem zum Ziele werden. Güte und Tugend sollten der Zweck jedes Strebens sein. Wahrheit und manche andere Dinge sind als Lebenszwecke bis zu einer gewissen Periode der Wiedergeburt gestattet, aber danach werden sie nur die Mittel zu höheren und heiligeren Zwecken, welche im Guten bestehen. Lerne deshalb, teure Schwester, die wahren Zwecke des menschlichen Lebens verstehen und ohne nach Segnungen auszuschauen, wirst du sie erhalten. Bemühe dich diese Veränderung in deinem Geiste zu bewirken, und du wirst dann sehen, wie du in einen höheren Zustand erhoben wirst!"

Die Schwestern wanderten in Betrachtungen versunken durch den Garten ihres Vaters; die eine dachte nach über die Weisheit, welche der Engel und ihre Schwester sie gelehrt hatte, die andere hoffte auf den schließlichen Erfolg ihrer Schwester und sann über die Mittel nach, welche sie anwenden könnte, um ihr behilflich zu sein. Während sie so beschäftigt waren, trat ihr Vater mit der Nachricht zu ihnen, dass der weise Mann gekommen sei und sie zu sprechen wünsche.

„Eile ihn zu bewillkommnen", sagte Amara, „während ich einige Früchte holen gehe, denn er wird von der Reise ermüdet sein." Und fort lief sie nach dem Obstgarten, wo sie die besten Früchte pflückte, deren sie habhaft werden konnte, während Amanda und ihr Vater den guten Mann zu unterhalten gingen.

Als Amara eingetreten war, erzählte ihnen der alte Herr eine schreckliche Begebenheit. Er sagte: „Als ich mit meinen Dienern nicht weit von dem Orte ritt, wo wir Amara im Walde fanden, begegnete mir ein Knabe, der vor Kälte zitterte und dessen Gesicht mit Blut bedeckt war. Bei näherer Nachforschung ergab es sich, dass sein Vater, seine Mutter, seine zwei Schwestern und er sich verirrt hatten; und als sie im Begriffe waren umzukehren, kam ihnen eine Frau entgegen, wahrscheinlich dieselbe welche Amara irreführte, die ihnen gebot ihr zu folgen, und versprach die Gesellschaft an einen sicheren Ort zu führen. Nicht ahnend, wem sie folgten, gehorchten sie freudig und wurden von einem Orte zu einem anderen gebracht, bis die Nacht anbrach und ein schrecklicher Sturm sich erhob. Während er wütete, wurde ein schwaches Licht sichtbar, dem sie nachgingen und fanden, dass es zu einer Höhle leitete, aus der das Geräusch einer Lustbarkeit und lärmenden Freude hervordrang. Der Mann weigerte sich zuerst einzutreten, aber der Sturm tobte mit entsetzlicher Wut, die Blitze zuckten zwischen den Bäumen, der Donner rollte, der Wind brauste und der Regen fiel in Strömen herab, sodass er im Hinblick auf seine zitternde und ermüdete Familie zuletzt einwilligte. Der Knabe war wegen Ermüdung ein wenig zurückgeblieben, und ehe er hinzukommen konnte, wurde ein schweres Tor vor dem Eingang der Höhle zugeworfen und schloss ihn aus, seine Eltern und Schwestern aber ein. Sobald das Tor geschlossen war, erscholl ein höllischer Jubel von tausend Stimmen und der Lärm und die Lustbarkeit nahmen zu. Der Jüngling war entsetzt, floh von dem Orte und wusste nicht wohin. Er irrte umher im Walde, und mehr als einmal wurde er von den Ästen fallender Bäume getroffen, sodass das Blut über sein unschuldiges Gesicht hinabfloss, und er mit Schrecken erfüllt wurde.

Als wir ihn fanden und seine Geschichte hörten, wussten wir gleich, dass es die Höhle der Furien sein müsse, von der er sprach, und eilten dahin, um die Unglücklichen zu befreien. Bei unserer Ankunft hörten wir Stöhnen von innen, welches anzeigte, dass dort noch jemand am Leben sei. Wir ließen unsere Trompete der Wahrheit ertönen, damit sie wissen möchten, dass Hilfe nahe sei, und dann begannen wir tüchtig zu arbeiten. Bald fanden wir eine Spalte im Felsen, durch welche wir alle, so schnell wie möglich eindrangen. Aber die Furien hörten uns und setzten sich zur Wehr. Ehe wir in die Höhle hineindringen konnten, wurden wir genötigt das Schwert zu ziehen und mit den höllischen Scharen zu fechten. Der Kampf war zuerst hart, aber nicht langwierig, denn wenn sie kräftig angegriffen werden, erzeigen sich die Furien als große Feiglinge. Wir trieben sie vor uns her, zuletzt gingen sie in die Erde hinab, flohen durch einen unterirdischen Gang und ließen uns im vollständigen Besitze der Höhle. Das Stöhnen des Mannes und seiner Familie leitete unsere Schritte zu ihnen, und zu unserer Freude fanden wir sie noch am Leben, wenn auch mehr als halbtot. Wir brachen das Tor auf, zerstörten die Höhle und als wir die unglücklichen Geschöpfe an das Licht gezogen hatten, untersuchten wir ihre Wunden, gossen Wein und Öl hinein und hoben sie auf unsere Pferde. Nun sind sie bei mir und befinden sich wohl!"

Die beiden Schwestern, die mit Spannung die Erzählung vernommen hatten, waren hocherfreut über die von dem weisen Mann vollbrachte Rettung der Unglücklichen und wünschten mit ihm heimzugehen, um die Familie zu sehen, was ihnen auch bereitwillig gestattet wurde.

Bei ihrer Ankunft bezeugte Amara großes Verlangen, den Unglücklichen einigen Beistand zu leisten, denn sie gedachte der Nacht der Schrecken, welche sie selbst unter ähnlichen Umständen verlebt hatte. Sie reinigte deren Wunden, brachte ihnen stärkende Speisen und besserte ihre zerrissenen Kleider aus. Und als sie soweit waren, dass sie wieder ausgehen konnten, um die frische Luft zu genießen, stand sie ihnen bei; oft auch sorgte sie mit viel Umsicht für die Befriedigung aller anfallender Bedürfnisse. Sooft sich eine Gelegenheit dazu darbot, veranlasste sie die bekümmerte Familie und die Diener des weisen Mannes sich zu versammeln und erfreute sie dann durch die Erzählung einer lieblichen Geschichte. Dieses waren angenehme

Stunden für sie alle. Die Augen Amandas funkelten vor Entzücken bei den Worten, welche aus dem Munde ihrer Schwester flossen, und die arme Familie war so davon angesprochen, dass sie alle ihre Sorgen vergaß.

Amara nahm sich ganz besonders des kleinen Knaben und seiner Schwestern an. Sie lehrte den ersteren, wie er den Garten bebauen, schöne Blumen ziehen und Bäume pflanzen sollte. Der kleine Bursche erwies sich als ein gelehriger Schüler, denn in späteren Leben gediehen seine Blumen gut, die Bäume, die er pflanzte wuchsen kräftig und trugen köstliche Früchte. Die Schwester war schüchtern, aber Amaras herzliches Benehmen erregte bald ihr Zutrauen und nach und nach erschloss sich ihr Gemüt und es stellte sich heraus, dass sie etwas sehr Sanftes und Angenehmes hatte. Amara lehrte sie nähen, Speisen bereiten und manche andere nützliche Dinge verrichten. Jeden Morgen pflückte das Mädchen einige Blumen in dem Garten des weisen Mannes und brachte sie in das Krankenzimmer ihrer Eltern. Sie trug sie an ihrer Brust, und dort ließen sie einen Eindruck zurück, dessen Duft immer süß war und ewig währte, denn die Gabe eines Kindes an bekümmerte Eltern ist für diese etwas Unvergessliches.

Die arme Familie blieb bei dem weisen Mann eine Zeit lang, während welcher alle an Kraft des Geistes und Körpers zunahmen, und endlich fähig wurden, ihre Reise fortzusetzen. Man kam jedoch, ehe sie schieden, dahin überein, dass die ganze Familie in den Dienst des weisen Mannes eintreten und auf einem schönen Besitz leben sollten, der ihm in der Nähe der Stadt der Zufriedenheit zu eigen war.

Amara begleitete sie an jenen Ort, wo die Familie nachher viele Jahre in großem Glücke verlebte. Sie schied von ihnen gesegnet und glücklich, und kehrte mit ihrer Schwester heim. Solcher Art sind die Handlungen, welche die Seele vorbereiten in Gesellschaft der Engel zu leben; und zur rechten Zeit wurde Amara noch einmal in deren Gegenwart versetzt.

Als sie sich dem prächtigen Tore von Gold näherte, kam eine Gesellschaft von strahlenden Wesen heraus und ging ihr entgegen, fiel ihr um den Hals, umarmte und küsste sie. Ihr Antlitz drückte innige Liebe aus und sie waren augenscheinlich voller Freude; welches sehr an die Freude erinnerte die im Himmel über jeden reuigen Sünder stattfindet. Die Gewänder der Engel waren so schön, dass sie jede Beschreibung übertrafen. Sie waren weiß wie das reinste Licht und glänzten, als ob sie von einer leuchtenden Flamme durchstrahlt wären. Ein Gürtel von reichem purpurnem Samt umwand sie alle. Die Kleider passten so außerordentlich vollkommen, dass kein Fältchen war, wo es nicht hingehörte. Auf dem Haupt trugen sie Kränze von zarten, duftenden Blumen, die niemals ihren Duft und ihre Frische verloren. Hie und da funkelte ein Rubin in schönem Lichte, und hinter dem Ohr trug jedes ein Olivenblatt.

Als Amara eintrat, bezeugten alle Engel ihre Freude und begrüßten sie als Schwester. Auch empfing sie folgender, lieblicher Chorgesang:

> *„Willkommen hier in unserer Mitte*
> *das gold'ne Tor tut sich dir auf;*
> *nun lenke freudig deine Schritte*
> *zum Quell der Seligkeit hinauf.*
> *Dein Ringen war ja nicht vergebens*
> *mehr als du hofftest wird gescheh'n*
> *und in dem ew'gen Born des Lebens*
> *wirst du dich selbst verkläret sehn."*

Ein erhabendes Wesen, welches der Fürst der Gesellschaft zu sein schien, trat nun zu Amara, befestigte hinter ihrem Ohr ein Olivenblatt und sagte: „Dieses ist das Pfand unseres Himmels und hierdurch erkennen wir dich als unsere Schwester an. Komme nun zur Quelle der ewigen Schönheit und Seligkeit, denn die Schranken sind alle überschritten. Friede und Ruhe sollen fortan deine Gefährten sein, Freude und Frohsinn wird dich ewig erfüllen, und wir wollen deine beschützenden Freunde bleiben."

Dann schieden sie, und es ist unmöglich die Schönheit der Blumen zu beschreiben, die Süßigkeit ihres Duftes, die Pracht des Lichtes, die Reinheit der Atmosphäre und die Glückseligkeit jenes Himmels, denn für Sterbliche ist es unfasslich! Das wunderbarste und herrlichste Wesen selbst wurde ihr da offenbar, Gott der Herr, von einer Sonne umhüllt, von der Licht ausstrahlte, welches alle Himmel mit Herrlichkeit erfüllte; bei dem Erscheinen Seiner göttlichen Majestät, warfen sich die Engel in demütiger Anbetung nieder.

Nichts konnte schöner sein, als die vor ihr sich entfaltenden Gegenstände. Ihr Weg führte sie durch einen prachtvollen Garten. In der Mitte desselben stand der Baum des Lebens, unter dessen erhabenen, sich ausbreitenden Schatten kleine Kinder spielten. Bäume waren in verschlungenen Kreisen gepflanzt, zwischen jedem Kreise wand sich ein Pfad dergestalt, dass jeder Gang, selbst der des äußersten Kreises im Mittelpunkt zusammenlief, wo der Baum des Lebens stand. Die Bäume trugen schöne saftige Früchte und waren von jungem Wein umrankt. Es herrschte eine große Verschiedenheit unter ihnen. Die köstlichsten von allen trugen Überfluss an saftigen Früchten und wurden „Paradiesbäume" genannt, weil keine der Art jemals in

der natürlichen Welt wuchsen. Diesen folgten Oliven-
bäume, dann kamen Weinstöcke, darauf lieblich duf-
tendes Gebüsch und zuletzt von allen, Bäume, welche
Nutzholz gaben. Hie und da waren Sitze aus jungen
Zweigen gebildet, die sich ineinander schlangen, und
gerade über ihnen hingen köstliche Früchte, von dem
sie überschattenden Baum hinab. In geeigneter Entfernung führten Wege von diesen beständig kreisförmi-
gen Gängen in schöne Blumengärten und anmutige
Gebüsche.

Amara war entzückt über diese Dinge, wozu die Engel, als sie es sahen, bemerkten: „Schaue den Himmel
in seiner Form! Alles, was sich hier befindet, ist ein
Sinnbild himmlischer Eigenschaften und himmlischer
Wonnen!"

Nach einer kleinen Weile wurde das Rauschen eines
Wassers vernommen und ein Schauer des Entzückens
durchzog Amaras Seele. Sie stieg den wunderschönen
Berg der Unschuld hinan, auf welchem die Schönheitsquelle entsprang, deren Wasser sich hier sammelten
und silberklar in der Form eines Sees sich ausbreite-
ten, aus dessen Mitte sie sich hoch in die Luft erhoben,
um wieder sanft auf die Oberfläche hinabzufallen. Engel badeten darin ihre schönen Gestalten. Amara lief
hinzu, schaute hinein und erblickte das Antlitz eines
Engels, welches vor Freude und Schönheit strahlte und
sie aus der Tiefe des Wassers anzusehen schien!

Während sie dieses liebliche Gesicht bewunderte
und in dessen Anblick versunken war, kam ihre
Schwester Amanda fröhlich zu ihr, küsste sie und sagte
im Tone des Frohlockens und der Freude: „O, meine
geliebte Amara! Lange, lange habe ich gewünscht, dich
am Rande dieses herrlichen Wassers zu treffen, damit
ich dir zeigen möchte, wie lieblich und schön du bist!

Sieh hin", sagte sie, auf die Oberfläche des Wassers deutend, „sieh hin und schaue die Schönheit deines eigenen Antlitzes!"

Amara sah, und war erstaunt zu finden, dass es ihr eigenes Antlitz sei, das Gepräge ihrer eigenen, gereinigten Seele, so viel schöner als ihr irdisches Gesicht, dass sie es nicht wiedererkennen konnte!

„Aber ich habe noch nicht gebadet", sagte sie erstaunt. „Es ist wahr, du hast noch nicht gebadet in diesem Bilde des lebendigen Wassers", sagte Amanda, „aber das wahrhaftige Wasser reinigender Wahrheit aus dem Strome des Lebens, hat sich über deine Seele ergossen, seit der Zeit, als du zuerst begannst, nach der Schönheitsquelle zu forschen! Denke nur daran, wie dein Herz einst angefüllt war von der geistigen Unreinheit der Sünde, und denke dann an die heiligen Gebote und weisen Lehren, welche dir von Engeln gegeben wurden, um dich rein und für den Himmel geschickt zu machen: Das waren die Wasser aus der wahren Quelle der Schönheit!"

„O Amanda, Amanda", rief Amara, ihr um den Hals fallend, „jetzt verstehe ich das alles!"

Die beiden Schwestern umarmten einander mit der Innigkeit engelgleicher Liebe. Dann fielen sie auf ihre Knie und mit erhobenen Augen und Händen sprachen sie vereint ein heiliges und feierliches Gebet, welches ich hörte, als es hinaufstieg zu dem Throne der Majestät des Höchsten, Gott preisend für alle Seine Barmherzigkeit und Seine wunderbaren Werke an den Kindern der Menschen!

Danach erwachte ich.

Biblische Bilder und deren Bedeutung
Sonntagabendgespräche einer Familie

Eine Einführung in die Entsprechungen der Bibel

Ich möchte von den Bildern und Sym-
bolen der Bibel mit euch reden. Diese
Bilder bestehen immer aus natürlichen
Gegenständen, die zum Zwecke der Be-
lehrung von dem Herrn, der sowohl die
Welt erschaffen, als auch das Wort dik-
tiert hat, aus dem Buch der Natur ge-
wählt und in das Buch der Offenbarung
aufgenommen wurden.

Alles, was sich in der Natur findet, wird
bildlich angewendet, um uns über geistige Wahrheiten zu
unterrichten.

In allen Gleichnissen ist die Rede von natürlichen Gegenständen, welche bildlich in Anwendung gebracht werden.

Ein Gleichnis ist eine einfache Erzählung, welche eine Lehre
der Weisheit enthält. Das Gleichnis ist wie das Kleid, in welchem uns diese Lehre gegeben wird.

Der Zweck eines Gleichnisses ist nicht der, uns eine natürliche Geschichte zu erzählen, sondern uns Wahrheiten und
Grundsätze beizubringen, die für unsere Seligkeit förderlich
sind.

Weil diese Bilder so wenig verstanden werden, sind manche
Stellen der Bibel schwer zu begreifen. Nur wenige Menschen
wissen etwas von der Bedeutung und dem Nutzen solcher
Bilder, und doch kann schon ein Kind sie verstehen lernen.

Paperback, 108 Seiten, Größe 12x19 cm
ISBN 978-3-7519-6810-2
Books on Demand Buchshop oder im Buchhandel

Gottlieb Stiller

Das Leben im himmlischen Reich
Der Weg zur göttlichen Vollkommenheit

Es gehört zum wahren Jüngerleben, dass die Seele sich ausstreckt nach ihrer ewigen Heimat. Wie das Kind sich nach der Heimat der Eltern sehnt, so auch die Seele des Jüngers nach der Heimat des ewigen himmlischen Vaters. Und wie ein Kind danach verlangt zu wissen, wie das Vaterhaus gestaltet ist, so auch die Seele des Menschen.

Dem Leser werden in dieser Schrift tiefste Einblicke in die geistigen Welten bzw. in die einzelnen Himmelsstufen gewährt. Ja, mehr noch, er wird in Gottes Werkstatt schauen und Wahrheiten über erhabenste Gottesgeheimnisse vermittelt bekommen, wie sie die Menschheit in dieser Kürze, dabei aber auch Weite und Tiefe bisher nicht geschenkt bekam. Das Herz erahnt hier oft in heiligem Zittern, was der Verstand noch gar nicht richtig einordnen kann.

Paperback, 116 Seiten, Größe: 12 x 19 cm
ISBN 978-3-7534-0765-4
Bezug: Books on Demand Buchshop
oder über Amazon und im Buchhandel